roman rouge

Dominique et compagnie

Sous la direction de

Agnès Huguet

Johanne Mercier

Arthur et la sorcière du bout du lac

Illustrations

Christian Daigle

Fiches pédagogiques des romans rouges

dominiqueetcompagnie.com/pedagogie

– des guides d'exploitation pédagogique pour l'enseignant(e)
– des fiches d'activités pour les élèves

Catalogage avant publication de Bibliothèque et Archives nationales du Québec et Bibliothèque et Archives Canada

Mercier, Johanne
Arthur et la sorcière du bout du lac
(Roman rouge ; 64)
Pour enfants de 6 ans et plus.

ISBN 978-2-89512-975-2
I. Daigle, Christian, 1968- . II. Titre.

PS8576.A687A774 2010 jC843'.54 C2010-941216-8
PS9576.A687A774 2010

Dépôts légaux : 1er trimestre 2011
Bibliothèque et Archives nationales du Québec
Bibliothèque nationale du Canada
Bibliothèque nationale de France

ISBN 978-2-89512-975-2
Imprimé au Canada

10 9 8 7 6 5 4 3 2 1

Direction de la collection et direction artistique :
Agnès Huguet
Conception graphique :
Primeau Barey
Révision et correction :
Danielle Patenaude

Dominique et compagnie
300, rue Arran
Saint-Lambert (Québec)
J4R 1K5 Canada
Téléphone : 514 875-0327
Télécopieur : 450 672-5448
Courriel :
dominiqueetcie@editionsheritage.com
Site Internet :
dominiqueetcompagnie.com

Nous remercions le Conseil des Arts du Canada de l'aide accordée à notre programme de publication. Nous reconnaissons l'aide financière du gouvernement du Canada par l'entremise du Programme d'aide au développement de l'industrie de l'édition (PADIÉ) pour nos activités d'édition.

Nous reconnaissons l'aide financière du gouvernement du Québec par l'entremise du Programme de crédit d'impôt pour l'édition de livres – SODEC – et du Programme d'aide aux entreprises du livre et de l'édition spécialisée.

Pour Mado, qui fait
les meilleures tartes
aux bleuets...

Chapitre 1
La grande récolte

Je m'appelle Arthur et samedi dernier, chez mes grands-parents, au lac Pichette, j'ai découvert une cachette secrète. Une cachette de bleuets. J'en ai cueilli des centaines de centaines pour faire une surprise à grand-maman. J'en ai mangé un peu aussi. Quand je suis rentré avec mon panier rempli, elle était vraiment impressionnée.

Grand-maman a sorti un rouleau à pâtisserie, de la farine et tout ce

qu'il faut pour faire une tarte. Grand-papa et moi, on s'est installés à la table avec chacun une petite assiette et une fourchette.

Et on a attendu.

Il y avait des parfums de bleuets partout dans la maison.

Il fallait être patients.

Elle a pris tout son temps pour cuire, la tarte.

Puis, grand-maman a enfilé ses grosses mitaines.

–Oh ! quelle merveille, Margot ! a dit grand-papa, quand elle a ouvert la porte du four. Mais où as-tu trouvé tous ces bleuets, Arthur ?

–Au bout du lac, j'ai répondu.

Grand-maman a failli laisser tomber la tarte sur le plancher.

– Au bout... bout... du lac ? elle a répété avec la voix qui tremblait.

– Oui.

Elle était toute pâle. Elle a regardé grand-papa d'un air inquiet. Puis, elle s'est penchée vers moi et m'a demandé doucement :

– Arthur, mon chéri, es-tu vraiment allé te balader jusqu'au bout du lac ?

– Oui.

– Sur le terrain où il y avait ces bleuets, est-ce que tu as vu une vieille maison grise ?

– Oui.

– Avec des carreaux sales, un toit rouillé et des toiles d'araignées ?

– Je ne sais pas pour les toiles d'araignées...

Grand-maman a posé sa main sur son cœur comme elle le fait toujours quand elle est vraiment nerveuse. Puis, elle a chuchoté à l'oreille de grand-papa pour que je n'entende pas :

– Il a pris les bleuets de la sorcière...

Mais j'ai très bien entendu.

Grand-papa, lui, n'avait pas l'air inquiet du tout.

–Aurélien, tu te souviens de ce qui est arrivé à Jos Boudreau quand il a mangé les bleuets de la sorcière? a encore chuchoté ma grand-mère.

Grand-papa n'a pas eu le temps de répliquer. Grand-maman avait déjà décroché le téléphone en s'écriant :

–Je dois consulter Eugène! Il pourra sûrement nous aider!

– Qu'est-ce qui est arrivé à Jos Boudreau ? j'ai demandé.

Personne n'a répondu à ma question.

Chapitre 2

Attention ! Danger !

Le cousin Eugène est arrivé chez mes grands-parents en courant. Quand il est entré, grand-maman a poussé un grand soupir de soulagement.

– Ah ! mon cher Eugène ! Heureusement que nous pouvons compter sur toi !

Le cousin ne nous a même pas dit bonjour. Il a seulement regardé la tarte en bafouillant :

– C'est… c'est elle ?

– Oui, a murmuré grand-maman. Les bleuets de la sorcière sont tous à l'intérieur.

Le cousin Eugène a reculé de trois pas. Puis, il a déclaré :

– Personne ne doit s'en approcher, vous m'entendez ? On ne sait jamais. Avec ce qui est arrivé à Jos Boudreau, il faut rester prudent...

J'ai encore demandé ce qui était arrivé à Jos Boudreau.

Grand-papa a levé les yeux au plafond.

– Ce sont des histoires, Arthur...

– Et le rhume des foins qui ne quitte plus Jos Boudreau depuis qu'il a mangé les bleuets de la sorcière ?

Vous croyez que ce sont des histoires, oncle Aurélien ?

– Et ses crises de hoquet pendant la nuit ! a ajouté grand-maman.

– Et ses poules qui ne pondent qu'un jour sur sept ! a continué le cousin Eugène.

– Le pauvre homme..., a soupiré ma grand-mère.

—Oh !... elle ne pardonne pas, la sorcière du bout du lac. C'est la pire des rancunières quand il est question de ses bleuets.

J'ai mis ma main sur mon ventre.

—Est-ce que les bleuets peuvent être empoisonnés ? j'ai demandé.

—Nul ne le sait, jeune homme ! a répondu Eugène. Nul ne le sait.

Je n'ai pas osé leur dire que j'en avais mangé tout plein en revenant de chez la sorcière.

Chapitre 3

La vengeance sera terrible...

Le cousin Eugène a annoncé qu'il resterait avec nous toute la journée. Mais tout allait bien. Je n'avais pas mal au ventre. Je n'avais pas le hoquet, ni le rhume des foins, ni rien. La sorcière avait probablement décidé de ne pas se venger.

Personne n'avait encore touché à la tarte. Elle était sur la table. Le cousin l'avait recouverte avec un

linge en attendant de prendre une décision. Il proposait de l'apporter chez lui pour la brûler. Grand-papa était contre cette idée. Grand-maman voulait réfléchir un peu. Le cousin Eugène affirmait qu'il fallait agir avant qu'il ne soit trop tard. J'ai compris qu'il avait raison vers la fin de l'après-midi. Quand les choses ont commencé à mal tourner...

D'abord, il y a eu la sauce que grand-maman a dû recommencer quatre fois.

–Moi qui ne rate jamais la béchamel! grognait-elle en jetant à chaque essai une espèce de liquide avec des grumeaux dans l'évier. Ce n'est pas normal.

Ensuite, il y a eu le sac de l'aspirateur qui a explosé dans le salon quand le cousin a voulu aider pour le ménage.

– C'est tout de même inhabituel, un aspirateur qui explose, répétait Eugène, en nettoyant les dégâts.

Et plus tard, quand j'ai voulu allumer la télé, paf ! tous les fusibles ont sauté. Il n'y avait plus d'électricité nulle part dans la maison.

– C'est insolite, cette panne, tante Margot ! Insolite...

C'est à ce moment qu'on a entendu un bruit. Un boum terrible. Comme si le ciel nous tombait sur la tête. Je me suis jeté dans les bras de grand-maman. Le cousin a couru se cacher sous la table.

– C'est la sorci... c'est la sorcière ! ! ! a crié Eugène.

–Mais non, c'est le tonnerre, a dit calmement grand-papa.

–Je vous assure que c'est l'ignoble sorcière du bout du lac qui se venge, oncle Aurélien ! D'abord la sauce, ensuite l'aspirateur, les fusibles, la panne et maintenant l'ouragan !

–Il faut faire quelque chose ! a affirmé grand-maman.

Je commençais à avoir un peu peur.

Grand-papa est sorti dehors. Par la fenêtre du salon, j'ai vu qu'il ventait si fort que le gros érable derrière la maison perdait des branches. Je n'avais jamais vu des nuages aussi noirs. Dans la cour, grand-papa ramassait les bardeaux qui tombaient du toit. Il courait après tout ce qui volait au vent.

Grand-maman, elle, a vite couru vers le petit meuble du salon. Elle a ouvert le tiroir et a sorti une feuille, un crayon et une enveloppe.

–Nous allons écrire à la sorcière pour nous excuser, a-t-elle annoncé.

–C'est incontestablement ce qu'il faut faire ! a dit le cousin.

Il a rampé de sous la table. Il s'est levé en grimaçant, puis il a saisi le crayon et grand-maman lui a dicté les premiers mots :

Chère sorcière du bout du lac...

– Elle ne risque pas de se fâcher ? j'ai demandé. Peut-être qu'elle n'aime pas trop se faire appeler sorcière...

– Arthur a raison. Recommence Eugène.

Madame du bout du lac...

—Je dirais plutôt *Chère dame du bout du lac*, a proposé le cousin.

—*Très chère dame du bout du lac?* a ajouté grand-maman.

—*Très chère dame que nous aimons tous?*

—Tout de même pas!

Ils ont hésité comme ça pour chaque phrase. Normal. Quand on s'adresse à une sorcière, il faut bien peser ses mots. C'est ce que grand-maman m'a expliqué.

Quand grand-papa est rentré, il a lu la lettre :

Très chère dame du bout du lac,

Nous tenons à nous excuser pour les bleuets. Nous comprenons votre colère : la sauce, les fusibles, l'aspirateur, l'orage et tout. Le cousin Eugène vous rapporte donc la tarte.

Vos bleuets sont tous à l'intérieur.

Bon appétit !

La famille Francœur

– PAS NOTRE TARTE ! a crié grand-papa.

– Il faut ce qu'il faut, Aurélien, a répondu fermement grand-maman. Nous ne pouvons pas rester sous le même toit que cette tarte.

– C'est indubitablement une menace pour nous tous ! a ajouté le cousin.

– Il n'est pas question de donner notre dessert à cette vilaine sorcière !

–Mais tu dis qu'elle n'existe même pas, la sorcière, grand-papa !

–Tout à fait, Arthur ! Non seulement cette sorcière n'existe pas, mais elle ne mérite pas de tarte !

Eugène se préparait déjà à partir. Sa décision était prise.

–J'aimerais apporter de l'ail, a précisé le cousin.

Grand-maman a plissé le nez.

– De l'ail ? Pourquoi de l'ail ? Apporte-lui plutôt de la crème fraîche, voyons. C'est bien meilleur avec de la tarte...

– L'ail fait fuir les sorcières, tante Margot. J'en aurai peut-être besoin si elle est encore en colère.

Grand-papa a soupiré.

– L'ail fait fuir les vampires, Eugène ! Pas les sorcières ! Tu mélanges tout.

–Tu crois aux vampires, grand-papa ?

–Meuh non, Arthur.

–Tu crois aux sorcières ?

–Pas du tout.

–Je n'ai que des oignons ! a annoncé grand-maman en fouillant partout dans le garde-manger. Veux-tu apporter des oignons, Eugène ?

– Veux-tu des patates et des navets aussi ? a bougonné grand-papa.

Courageux, le cousin nous a annoncé qu'il était prêt. Il allait affronter tous les dangers pour nous.

– Sois très prudent, Eugène, a dit grand-maman, en lui remettant la tarte.

—Mmm..., a fait le cousin en respirant l'odeur de bleuets, les yeux fermés.

—Tu la places devant sa porte et tu reviens ici en courant. Compris ? a insisté grand-maman.

On s'est assis sur la galerie et on a regardé le cousin s'enfoncer dans

le boisé avec la tarte aux bleuets, le petit mot pour la sorcière et les oignons.

Il n'y avait plus un seul nuage dans le ciel.

–Gaspiller une si belle tarte, a grogné grand-papa.

Chapitre 5

GNARK ! GNARK ! GNARK !

Le cousin Eugène n'a pas flâné chez la sorcière bien longtemps. Il est quand même revenu complètement épuisé. Ses vêtements étaient salis, ses cheveux tout ébouriffés.

–J'ai une nouvelle incroyable à vous apprendre ! a dit le cousin encore essoufflé.

–La sorcière t'a poursuivi ? j'ai demandé. Elle t'a jeté un mauvais sort ? Elle a voulu te mettre dans son chaudron ? Te changer en grenouille ?

– Non, non, non et non. Assoyez-vous sur le sofa ! La nouvelle risque de vous ébranler…

Grand-maman et moi, on a obéi. Grand-papa est finalement venu s'asseoir aussi.

– Hé bien, chers amis, j'ai l'honneur de vous apprendre que la cabane du bout du lac n'est pas du tout habitée par une sorcière !

Grand-papa m'a adressé un clin d'œil.

– Tu vois, Arthur ? J'avais raison...

– En es-tu absolument certain, Eugène ? a demandé grand-maman.

– Absolument.

Grand-maman avait l'air soulagée. Et j'avoue que je l'étais aussi. C'est toujours bien d'apprendre que les bleuets qu'on a mangés ne sont pas empoisonnés par une sorcière.

Mais le cousin a ajouté avec une voix qui faisait un peu peur :

– Elle n'est pas habitée par une sorcière mais par un fantôôôme ! ! !

Grand-maman a serré ma main.

– Tu as vu un fantôme en chair et en os, Eugène ?

– Oui, madame !

– La bonne nouvelle, c'est que les fantômes ne mangent jamais de dessert ! a annoncé grand-papa en se dirigeant vers la cuisine.

Il a sorti les petites assiettes et les fourchettes. Il a mis une serviette de table autour de son cou et il a demandé :

–Où est la tarte, Eugène ?

Le cousin a rougi, mais il n'a rien répondu.

–Ne me dis pas que tu l'as oubliée là-bas ?

–Non, pas du tout.

–Tu l'as perdue ?

–Jamais de la vie.

– Tu l'as laissée au fantôme ?

C'est moi qui ai posé cette question.

– Où as-tu mis la tarte ? a insisté grand-papa.

– Elle a été... comment dire... dévorée ! a marmonné le cousin.

– Dévorée ? a répété grand-maman.

– Exactement ! Dévorée par le fantôme du bout du lac !

Il a relevé la tête et il a fait un grand sourire. Et cette fois, on a tous fixé Eugène avec de gros yeux. Plus personne ne croyait à son histoire de fantôme du bout du lac. Pas même grand-maman.

Parce qu'on a bien vu que les dents du cousin étaient toutes bleues...

Dans la même série

Arthur et le mystère de l'œuf

Arthur et les vers de terre

Arthur et le yéti du lac Pichette

Arthur et le gardien poilu